MICRO CUENTOS DE TERROR

MICRO CUENTOS DE TERROR

CARLOS
MEDRANO

PRÓLOGO

En el mundo de la narrativa, existe un poder en la concisión. En la brevedad de las palabras, se encuentra la habilidad de crear universos oscuros y enigmáticos que despiertan emociones intensas y envuelven a los lectores en un vértigo de miedo y suspenso. Los cuentos cortos, en particular, poseen el don de destilar el horror en su forma más pura y penetrante, un destello fugaz pero inolvidable que se graba en la mente y el corazón.

Aquí, en las páginas de "Micro cuentos de terror", te invitamos a adentrarte en un mundo donde cada palabra cuenta, donde la economía de lenguaje se convierte en una herramienta maestra para crear historias que permanecerán contigo mucho después de haber cerrado el libro. Desde el primer escalofrío hasta el último suspiro, estos relatos te arrastrarán a lugares inexplorados de la imaginación, donde lo inexplicable se hace tangible y lo desconocido acecha en cada rincón.

En cada micro cuento, encontrarás la esencia de un miedo primordial, un instinto ancestral que se despierta con tan solo unas pocas oraciones. Las palabras se convierten en sombras que se deslizan por tu mente, creando imágenes vívidas que te harán dudar de lo que ves y sientes. Desde las oscuras esquinas de una habitación hasta los rincones más oscuros del alma humana, estos cuentos cortos revelarán secretos, desafiarán tus percepciones y te recordarán que incluso en la brevedad, el terror puede ser inmensamente poderoso.

Entonces, prepárate para embarcarte en este viaje escalofriante. Abre estas páginas con valentía, pero también con cautela. Porque en "Micro cuentos de terror", descubrirás cómo una historia completa, llena de emociones y entretenimiento, puede ser tejida con tan solo unas pocas palabras.

INDICE

Micro Cuentos De Terror

El miedo puede llegar en pocas palabras

Carlos Medrano

El MAQUILLISTA

La fila de espera para la sesión de maquillaje se extendía por cuadras. El mejor maquillista decían los comentarios en las redes y las mujeres abarrotaban el viejo local esperando por horas la magia de las manos de un desconocido que prometía transformarlas.

Con su rostro a centímetros de los ojos de una mujer de avanzada edad, terminaba de dar los últimos retoques de maquillaje para retirarse los guantes de látex y un manchado delantal lleno de motas bermellón.

Salió de prisa y a solo unas cuadras entró apresurado al viejo local de belleza. Tomó un chaquetín de estilista y se lo puso de prisa. Se inclinó sobre la mujer que esperaba su turno y saludó con una sonrisa.

Ella abrió grandes sus ojos al ver el gafete pin que decía “Maquillador Funerario”

BAJO LA SOMBRA DEL CANELÓN

Los viajeros habían caminado por largos senderos y cansados miraron a lo lejos un árbol de tupidas hojas verdes que impedían el paso de los intensos rayos del sol.

Una sombra que prometía un descanso a los cuerpos que habían soportado por muchas horas el abrazador calor.

–Un poco más y llegamos a esa sombra Juan. Decía con ánimo a su compañero el más joven de los dos.

El más viejo levantó la vista y se detuvo de golpe en el camino.

–¿Qué pasa Juan? Preguntó desconcertado el joven
–Eso de allí es un canelón Mateo y no podemos descansar en ese lugar porque debajo del canelón descansa la muerte.

–ja ja ja tonterías. Soltó una carcajada burlona el joven mateo al viejo Juan.

–créeme, más vale seguir nuestro camino sin detenernos. Advirtió Juan a Mateo con la esperanza de que su amigo entrara en razón.

Al llegar al árbol Mateo optó por quedarse y Juan sigo su camino.

El joven se sentó y reposó su espalda en el áspero tronco del viejo canelón. Colocó su sombrero de paja sobre su rostro y dejó que su cuerpo sintiera la brisa y lo abrazara la sombra.

Tres Dias después Juan volvió acompañado hasta el viejo canelón en busca de su joven amigo.

Ahí estaba sentado como la última vez que lo vio. Con los ojos muy abiertos y una expresión en su rostro lleno de dolor. En su mano derecha aún se podían ver gotas de sangre de la mordedura de una serpiente de cascabel.

–¡Te lo dije muchacho!

EL COLLAR DE LA ABUELA

Su nombre es tina. Una joven Mujer que en compañía de su madre y su abuela han sido el aquelarre del pueblo. En la última luna llena del año, la anciana ha jurado nunca dejarlas y ha conjurado un hechizo a la madre naturaleza para que se haga su voluntad.

–Siempre cerca del corazón he de estar; sin importar sea oro o plata me han de llevar–. Se escuchaba decir a la anciana en su cántico al viento.

En meses, el cielo reclamó el alma de la anciana y el aquelarre sufrió el quebranto. La gente del pueblo por días escuchaba el incesante y desgarrador llanto de la joven tina y su madre, hasta que de pronto volvieron las risas.

Doña prudencia, vecina de años. Le gustaba curiosear y pegada a las paredes con su grande oreja escuchar.

–¡Deja a tu abuela en la cama tina!
–¿te gusta mi collar mamá ?
–¿A ti te gusta el mío tina?

La conversación sonaba tan ilógica para prudencia que tenía meses sin ver a la anciana.

–No vayas a salir sin tu abuela tina–.

Prudencia pronto se asomaba para ver a tina salir, con paraguas en mano, pero ningún otro ser humano. Con la venta de collares la riqueza les llegó y cada noche prudencia las escuchaba hablar de la abuela y decidió pasar de escuchar a observar.

Buscó y buscó un hueco en la madera, hasta que encontró lo que necesitaba y esa noche miraría, lo que realmente sucedía. Trabajando en los collares, prudencia vio a las mujeres. Con un tarro sobre la mesa y esa fue su sorpresa.

—¡Pásame a la abuela!—
Decía tina a su madre con prisa.
Y el tarro recorría la mesa.
Regando la ceniza.

Muchos collares sobre la mesa, de plata, oro y cristal. que cumplen la promesa de hacer a la abuela inmortal.

EL MURMULLO

Caminaba cada vez más de prisa. Todo era tan silenciosamente escalofriante. La oscuridad envolvía cada parte de mi cuerpo y la brisa húmeda entumía mis articulaciones.

Mi mente nublada poco a poco iba teniendo destellos de recuerdos que me volvían a poner en contexto de lo que estaba sucediendo. En mis labios el sabor a hierro de la sangre que brotaba de mi frente y recorría mi rostro hasta la comisura de mi boca, perturbaban mi atención en el camino.

Los latidos de mi corazón y el sonido de mi respiración eran como gritos delatores de mi ubicación en cada paso que daba.

Ahora lo recuerdo. este bosque fue mi elección para acampar en soledad; pero nunca estuve solo. Un café al pie de la fogata. Un último sorbo y un murmullo que decía: “te encontré”

EL ÚLTIMO ADIÓS

Estaba tan enojada y triste. caminando de un cuarto a otro, metiendo sin orden en la maleta las últimas prendas.

—¡Mamá, no me dejes! Juro portarme bien. Rogaba entre lágrimas el pequeño tropezando y tirando una foto que permanecía sobre el buró.

Ella entre sollozos volvió a colocar el retrato en su lugar. Tomó una gorra de béisbol y fue lo último que metió a la maleta.

—Mamá... mamá volvió a repetir el niño sentado y acurrucado en el rincón de la habitación.

Estando en el umbral de la puerta volteó y miró fijamente las pequeñas manchas de sangre que aún permanecían sobre el desgarrado tapiz. Y sobre la cama el titular del periódico local de meses atrás que decía: “Menor pierde la vida accionando el arma de su padre”

EL SOFÁ

Sus pequeños pies recorrían el pasillo esquivando los juguetes que él mismo había dejado regados.

Cruzaba varias puertas; varios cuartos, hasta llegar al gran salón donde le esperaba el viejo sofá reclinable.

Balbuceando y con una gran sonrisa lo abrazaba por unos segundos. se daba la media vuelta y corría huyendo.

El sofá aún conservaba sobre el respaldo una bufanda de hilos gruesos en tonos café. Un bastón reposando en un costado y en la pequeña mesa de té, el retrato del abuelo descansando en el sofá, acariciando la cabeza del pequeño que cada día volvía para saludar, sonreír y huir.

LA SOMBRA SILENTE EN EL ESPEJO

Daniela nunca espero ser heredera de la fortuna de su abuela . La Mansión cubierta por glicina de flores lilas acentuaban su belleza arquitectónica. De todo, solamente el espejo de la abuela conservó. La venta de la mansión le dio dinero suficiente como para vivir esta y otra vida.

Daniela pronto olvido la mansión y acomodando los últimos libros en su nuevo hogar recordó que aún faltaba determinar en dónde debería de colocar el viejo espejo de la abuela. Sentada sobre la duela levanto la mirada al ver por el rabillo del ojo una sombra en el reflejo del espejo. En ese momento recordó cuando su abuela la sentaba en su regazo y frente al espejo ambas se miraban al tiempo que la abuela pasaba sobre su blanco cabello el antiguo cepillo de cerdas naturales.

Casi hipnotizada por el recuerdo, se acerco a gatas hasta el espejo y se sentó para contemplar la imagen que reflejaba esa noche. Nuevamente estaba ahí la sombra que minutos atrás había visto por el rabillo del ojo, pero en esta ocasión puso mayor atención.

–Me gusta tanto este espejo abuela!–

–Será tuyo cuando yo ya no este aquí, pero debes recordar que solamente aquí debe de estar. Promete que no lo moverás jamas–

Una promesa olvidada por Daniela y recordada en ese momento por la sombra silente en el espejo. Su cuerpo de pronto se estremeció tanto al ver pasar en un instante en su memoria los recuerdos reprimidos de su vida con la vieja bruja de su abuela. Y es que para ella blanca nieves no se trataba de solo un cuento de hadas de los hermanos Grimm, si no de algo tan real y escalofriante que dejo que el tiempo lo escondiera en lo más profundo de su memoria.

Ahora podía escuchar a su abuela nuevamente advertirle del espejo. De esa puerta oculta detrás del reflejo y de los demonios que más allá del cristal habitan esperando el momento para llevarse a quien se pare a verse frente a él, si de su lugar es movido. Daniela abrió grandes sus ojos y de un salto se puso de pie para buscar con que cubrir el espejo. A los pies de la cama la sábana blanca parecía esperar las manos de Daniela. Ella camino de prisa hacía su cama y jalo de golpe la sábana blanca. Al darse la vuelta se vio fijamente al espejo con la sábana entre sus manos y la silueta de una sombra detrás.

La puerta de la habitación se abrió y el padre de Daniela apareció con la charola de la cena en sus manos. La habitación estaba vacía. La sábana sobre el piso a los pies de la cama.

–Papá, papá ...

El hombre agarró la sábana y Daniela desde adentro del espejo vio cómo si un velo oscureciera el lugar donde ahora estaba sin poder salir.

PASOS EN EL SÓTANO

Tomo poco más de un mes a la familia de Roberto el poder mudarse a la antigua casa que su madre había logrado adquirir con los ahorros de toda su vida. Era un fin de semana de invierno y a pesar del intenso frío el trabajo de mudanza era algo primordial para la familia que por esa noche dormirían en la sala tirados sobre viejas cobijas que lograron escapar de las cajas de almacenamiento. Roberto era solo un adolescente de 15 años, quien ayudaba a su madre a cuidar de sus hermanos menores de 7 y 10 años. De papá no se hablaba; abandono a mamá un mes atrás después de que firmaran la compra de la vieja casa.

–Chicos es hora de dormir que mañana hay mucho trabajo aún por hacer– Gritaba la madre de Roberto desde la habitación contigua a la sala de estar. Todos al unísono se tumbaron en el piso y cerraron los ojos.

Un extraño ruido despertó pasada la media noche a Roberto. Un golpeteo que hacia eco en una casa aún vacía. –¿Mamá, escuchas eso?– la mamá de Roberto se levanto de prisa y tomo el atizador de la chimenea. El resto de los chicos abrieron sus ojos y preguntaron aún adormilados, que era lo que sucedía.

–Mamá, el ruido viene del sótano. Parece que alguien se metió a la casa– Decía asustado Roberto.

–Bien, quédate aquí con tus hermanos. Voy a bajar y si me escuchas gritar sales corriendo con los niños a alertar a los vecinos– La señora con valentía abrió la puerta del sótano y comenzó a bajar. El ruido se acentuaba conforme ella descendía los escalones. Al llegar al último escalón la luz de la luna que se filtraba por las ventanillas del sótano, iluminaban una escalera tirada en el piso. Volvió a escuchar el golpeteo y levanto la vista para ver colgando de una viga de madera al marido desaparecido un mes atrás.

LA CANCIÓN DE LA MUÑECA ROTA

Elia estaba encantada con la muñeca rota que encontró esa tarde en el ático de la casa de la abuela. Una muñeca de trapo con cabeza de porcelana y cabellos de algodón. La cuerda en su espalda aún conservaba el aro de plástico con el que se tiraba para escucharla hablar y cantar.

A sus 8 años Elia era una niña que le gustaba correr y jugar por toda la casa y su descubrimiento la emociono mucho. No podía quedarse sin averiguar si la muñeca rota aún podía cantar y tiro fuerte del aro. Tan pronto soltó la cuerda, la muñeca rota comenzó a cantar y al ritmo de su canto Elia vio cómo la puerta del ático se cerraba.

Jalo nuevamente de la cuerda y todo comenzó a temblar. Elia asustada dejo la muñeca y corrió hacia la puerta para salir del lugar, pero sin poder abrir empezó a asomase por las ventanas gritando y golpeando. Nadie la podía escuchar. En su desesperación piso con fuerza la muñeca y todo se oscureció. Piso nuevamente y escucho como la cabeza de porcelana se partía en pedazos. La canción de la muñeca rota poco a poco iba desapareciendo y con ella los eventos inquietantes que por varios minutos perturbaron a Elia. De rodillas cayó rendida y sollozando vio abrirse la puerta del ático. La abuela entro de prisa y la abrazo.

–No llores cariño, en el baúl tengo otra muñeca igual que te va a gustar– Elia abrió grandes sus ojos, soltó a la abuela y salió corriendo del ático sin mirar atrás.

EL ÚLTIMO TREN A MEDIA NOCHE

La lluvia golpeaba las ventanas con insistencia mientras un grupo de pasajeros se congregaba en la solitaria estación de tren. El reloj de la torre marcaba la medianoche exacta cuando un destello de luz brilló en la oscuridad. El tintineo de la campana del tren resonó, y sus puertas se abrieron lentamente, invitando a los pasajeros a bordo.

El vagón estaba iluminado por una tenue luz amarilla que creaba sombras inquietantes en los rincones. Un escalofrío recorrió la espalda de Eleanor cuando entró, y se acomodó en un asiento de terciopelo rojo. A su lado, un hombre mayor con un sombrero de ala ancha murmuró para sí mismo.

–“No estoy seguro de si este tren fue una buena idea”–, dijo el hombre, mirando a su alrededor con desconfianza.

Eleanor asintió en acuerdo. –“Es extraño, ¿verdad? Solo opera a medianoche y no hay otros pasajeros.”–

El tren comenzó a moverse con un chirrido suave de rieles y el suave vaivén llenó el vagón. Pronto, los pasajeros se dieron cuenta de que las ventanas solo mostraban una oscuridad impenetrable, sin señales de la ciudad ni del mundo exterior.

Un joven nervioso, sentado frente a Eleanor, rompió el silencio. –¿Alguien sabe a dónde nos dirigimos?–

El hombre del sombrero miró por la ventana y frunció el ceño. –No tengo ni idea. Pero algo me dice que no es un viaje normal.–

A medida que el tren avanzaba, los pasajeros notaron que el tiempo parecía comportarse de manera extraña. Los minutos se estiraban y se encogían como si el tiempo mismo estuviera distorsionado. La conversación se volvió ansiosa mientras trataban de entender la situación.

–Esto es como un sueño extraño–, murmuró Eleanor, mirando alrededor con inquietud.

El joven nervioso se levantó de su asiento y caminó hacia la puerta del vagón. Intentó abrirla, pero estaba cerrada con firmeza. –¡No podemos salir! ¡Estamos atrapados!–

El hombre del sombrero se levantó con calma y se acercó al joven. –La clave aquí es mantener la calma. Hay algo más grande en juego que no comprendemos todavía.–

El vagón comenzó a temblar y sacudirse violentamente. Las luces parpadearon y un aire helado llenó el espacio. El suelo parecía tambalearse y los pasajeros se agarraban a sus asientos, llenos de miedo.

–¡Esto no puede ser real!– exclamó el joven, agarrándose a una barandilla.

En medio del caos, Eleanor observó una figura sombría al final del vagón. Era una figura encapuchada que avanzaba lentamente hacia ellos. –¡Miren!–, susurró, señalando con dedo tembloroso.

El hombre del sombrero se puso en pie, enfrentando a la figura. –No podemos escapar de lo que sea que esté sucediendo. Debemos enfrentarlo juntos.–

La figura encapuchada alzó la cabeza, revelando unos ojos brillantes y una sonrisa siniestra. –Bienvenidos al tren de la medianoche, donde los secretos y los miedos cobran vida–, dijo con una voz que resonó en los pasillos del tren.

El tren se sacudió con más fuerza mientras los pasajeros se aferraban a la realidad que se desmoronaba a su alrededor. Enfrentarían sus temores más profundos antes de que el destino final del tren de la medianoche se revelara por completo.

LA MALDICIÓN DEL ESPEJO EMBRUJADO

La sala de subastas estaba iluminada por una tenue luz que resaltaba los objetos en exhibición. Entre los diversos artículos antiguos, un espejo antiguo de marco ornamentado llamaba la atención de los presentes. Su superficie plateada parecía ocultar secretos centenarios.

En la parte posterior de la sala, Emily, una joven y ambiciosa coleccionista, se unió a su amigo Lucas, un escéptico empedernido. Ambos observaban el espejo con curiosidad.

–¿Qué te parece, Lucas? Es magnífico, ¿verdad?–, comentó Emily mientras admiraba el espejo.

Lucas se encogió de hombros. –Es solo un espejo antiguo. No entiendo por qué la gente se emociona tanto por estas cosas.–

Emily sonrió y le lanzó una mirada desafiante. –¿No crees en la posibilidad de que algo tenga historia? Imagina qué secretos podría haber presenciado este espejo.–

Finalmente, el martillo de la subasta cayó y el espejo fue adjudicado a Emily. Llevó el espejo a su casa y lo colocó en su habitación, enfrentando la cama. A medida que la noche caía, las sombras del cuarto se mezclaban con el brillo de la luna que se filtraba por la ventana.

Una vez sola en la habitación, Emily se acercó al espejo. Se miró a sí misma, pero su reflejo comenzó a distorsionarse. Vio imágenes fugaces de una mujer en vestido antiguo, luchando por escapar de un incendio voraz.

Horrorizada, se alejó del espejo y se frotó los ojos, atribuyendo las visiones a la fatiga. Sin embargo, la imagen persistió en su mente.

Al día siguiente, Emily invitó a Lucas a su casa para compartir su experiencia. –Lucas, algo extraño está pasando con este espejo. Anoche vi una visión aterradora, como si estuviera mirando hacia el pasado.–

Lucas arqueó una ceja escéptica. –No me digas que crees en todas esas leyendas urbanas sobre objetos malditos.–

Emily suspiró, frustrada. –No sé lo que es, pero quiero investigarlo más a fondo. Necesito entender por qué vi esas imágenes. –

Juntos, investigaron la historia del espejo. Descubrieron que pertenecía a una familia adinerada del siglo XIX que había perdido a su hija en un incendio trágico. El espejo había estado en la habitación de la joven y presenciado el horror de aquella noche fatídica.

A medida que profundizaban en la historia, Lucas comenzó a sentir un escalofrío en la columna vertebral. –Es solo una coincidencia, ¿verdad? No puede tener un poder real.–

Emily se acercó al espejo una vez más y miró su propio reflejo. Esta vez, vio a Lucas en sus visiones, luchando por respirar en un entorno lleno de humo. Ella se volvió hacia él, con los ojos llenos de preocupación. –¡Lucas, yo también he visto tu destino en el espejo!–

Lucas la miró incrédulo, pero el miedo se apoderó de él cuando vio su propio reflejo deformarse en el espejo, revelando una visión de su destino trágico.

Juntos, Emily y Lucas investigaron más, buscando una forma de romper el vínculo oscuro que el espejo había tejido entre ellos y su futuro. En su camino, descubrieron secretos enterrados, revelando la verdad detrás de la tragedia de la familia y cómo había quedado atrapada en el espejo.

Con valentía, enfrentaron su destino y lograron liberarse del poder del espejo antiguo. A medida que las visiones desaparecían, el espejo perdió su brillo ominoso.

La experiencia cambió a Emily y Lucas para siempre, dejándoles una lección sobre el poder de las historias olvidadas y los objetos que atesoran sus secretos. Ahora, el espejo descansaba en un rincón oscuro de un museo, donde su historia trágica yace en espera de ser redescubierta por futuras generaciones.

EL BOSQUE DE LAS SOMBRAS ETERNAS

El bosque remoto estaba envuelto en un misterio perpetuo, sus árboles altos y frondosos bloqueando gran parte de la luz del sol. Un grupo de cuatro excursionistas, formado por Alex, Mia, Jake y Emma, se aventuró valientemente en este reino silencioso.

A medida que avanzaban por el espeso bosque, el sol se ocultó detrás del horizonte y las sombras comenzaron a alargarse, tejiendo una tela de oscuridad en su camino. Los árboles parecían adquirir una vida propia, sus ramas crujían y sus hojas susurraban secretos en el viento.

–¿Alguien más siente que estamos siendo observados?”–preguntó Mia, nerviosa, mientras miraba a su alrededor.

Jake rió entre dientes. –Es solo tu imaginación, Mia. Este bosque parece siniestro, pero no hay nada que temer.–

Pero las risas pronto se desvanecieron cuando las sombras comenzaron a moverse de manera inquietante. A medida que se internaban más en el bosque, las sombras parecían cobrar vida propia, deslizándose silenciosamente entre los árboles y deslizándose por el suelo.

–¿Qué está pasando aquí?– preguntó Emma, con su voz temblorosa.

Alex alzó su linterna, tratando de disipar la inquietante oscuridad. –No lo sé, pero parece que las sombras están... cambiando.
–

En el corazón del bosque, las sombras se volvieron más oscuras y densas. Las linternas apenas lograban perforar la negrura que los rodeaba. De repente, una sombra más grande y grotesca surgió entre los árboles.

–¡Corran!– gritó Jake, y el grupo comenzó a correr a través del espeso bosque, perseguido por las sombras que parecían arrastrarse a sus espaldas.

Las risas de antes se convirtieron en gritos de terror mientras las sombras se cerraban sobre ellos. El bosque se convirtió en un laberinto oscuro y claustrofóbico, y la sensación de ser perseguidos se volvió más intensa.

–¡No podemos seguir así! ¡Tenemos que encontrar una salida!– exclamó Alex, tratando de mantener la calma.

Finalmente, emergieron a un pequeño claro iluminado por la luna. Las sombras parecían frenar su avance, deteniéndose en los bordes del claro como si estuvieran restringidas por algún tipo de barrera invisible.-

-¿Qué... qué acabamos de vivir?– preguntó Mia, jadeante.

–Nunca he visto algo así en mi vida–, admitió Emma, todavía temblando.

Las sombras en el borde del claro parecieron retroceder lentamente, como si el bosque estuviera recuperando su tranquilidad. El grupo se miró entre sí, sus miradas cargadas de incredulidad.

–Quizás este bosque tiene secretos que no deberíamos perturbar–, sugirió Jake, su tono ahora era más serio.

Juntos, los excursionistas regresaron a su campamento, llevando consigo el recuerdo aterrador de las sombras que cobraban vida propia en la oscuridad del bosque. Aunque no pudieron explicar lo que habían experimentado, supieron que habían sido testigos de algo mucho más allá de su comprensión, una verdad oscura y antigua que solo el bosque remoto conocía.

EL MISTERIO DE LA CASA ABANDONADA

En lo profundo de un tranquilo pueblo, se erguía una casa antigua y abandonada. Nadie había entrado en ella en años debido a las historias que circulaban sobre su oscuro pasado. Sin embargo, Lucas, un niño curioso de ojos brillantes, no podía resistirse a la tentación de descubrir los secretos que ocultaba.

Un día soleado, Lucas se acercó a la casa con una mezcla de emoción y aprensión. La puerta estaba entreabierta, crujiente y desgastada por el tiempo. Inhaló profundamente y, con un paso vacilante, cruzó el umbral.

El interior estaba envuelto en sombras, los muebles cubiertos de polvo como testigos mudos de tiempos pasados. Lucas se aventuró más adentro, su curiosidad guiándolo. Mientras exploraba, encontró fotografías enmarcadas que retrataban a una familia sonriente: una pareja y su pequeña hija.

–¿Qué les habrá sucedido?– se preguntó Lucas en voz alta, examinando las fotos.

Una voz suave y distante respondió desde las sombras, –Su historia es triste, pequeño explorador.–

Lucas se giró, sorprendido. Frente a él, se materializó una figura translúcida. Era una niña de su edad, vestida con ropas del siglo pasado.

–¿Quién eres?– preguntó Lucas, sintiendo un escalofrío recorrer su espalda.

–Soy Eliza–, respondió la niña fantasmal. –Esta casa solía ser mi hogar. Mi familia desapareció hace mucho tiempo, y sus recuerdos quedaron atrás en esta casa.–

Lucas sintió una mezcla de temor y compasión por Eliza. –¿Qué pasó con ellos? ¿Por qué desaparecieron?–

Eliza suspiró, su figura etérea parecía temblar. –Un día, llegó una enfermedad misteriosa al pueblo. Mi familia cayó enferma y no pudieron sobrevivir. La gente tenía tanto miedo de la enfermedad que nadie se atrevió a entrar en esta casa después de que nos fuimos.–

Lucas miró a su alrededor, asimilando la historia. –¿Sigues aquí porque no pudiste cruzar al otro lado?–

Eliza asintió con tristeza. –Sí, parece que estoy atrapada aquí, atada a estos recuerdos. Pero me has traído un rayo de esperanza, Lucas. Quizás, si descubres lo que realmente sucedió, podré finalmente descansar en paz.–

Mientras Lucas continuaba explorando la casa, encontró pistas que revelaban los esfuerzos desesperados de la familia por protegerse de la enfermedad. También encontró un diario que hablaba de su lucha por sobrevivir.

–Eliza, he encontrado el diario. Tu familia hizo todo lo posible para mantenerse a salvo–, dijo Lucas, emocionado.

La figura de Eliza pareció brillar momentáneamente. –Gracias, Lucas. Ahora puedo dejar atrás esta casa y reunirme con mi familia.– Mientras las sombras en la casa se desvanecían, Lucas sintió una calidez reconfortante. Eliza sonrió y le dio las gracias antes de desaparecer en la luz.

Cuando Lucas salió de la casa, el sol se reflejaba en su rostro. Había descubierto una historia triste y había ayudado a un espíritu a encontrar la paz. A partir de entonces, la casa abandonada ya no sería solo un lugar de oscuridad, sino un recordatorio de cómo un acto de curiosidad podría cambiar el destino de alguien atrapado entre el pasado y el presente.

EL SUSURRO DEL VIENTO NOCTURNO

En el tranquilo pueblo de Willowbrook, la vida transcurría serena, rodeada de paisajes verdes y cielos despejados. Sin embargo, un día todo cambió cuando un viento inusual comenzó a soplar desde el este. No era un viento ordinario; llevaba consigo susurros ininteligibles que llenaban el aire de misterio.

En la plaza del pueblo, un grupo de vecinos se reunió para discutir el extraño fenómeno.

–¿Has sentido ese viento extraño, Sarah?– preguntó Tom, un granjero local, a su vecina.

Sarah asintió, preocupada. –Sí, y los susurros que trae... No puedo entender lo que dicen, pero me ponen los pelos de punta.–

A medida que el viento persistía, los habitantes de Willowbrook comenzaron a mostrar signos de inquietud. Las miradas eran furtivas y los susurros en las calles se multiplicaban. Las noches se volvieron más sombrías, y las pesadillas comenzaron a afligir a los durmientes.

En el taller de carpintería, David y Samuel discutían sus propias experiencias con el viento.

–¿Has notado cómo todos están actuando de manera extraña?– preguntó David, clavando un trozo de madera.

Samuel asintió y suspiró. –He oído rumores de que el viento está trayendo consigo secretos oscuros que están volviendo locos a la gente.–

Una noche, mientras el viento aullaba en las calles, los habitantes de Willowbrook se reunieron en la plaza una vez más, esta vez con miradas desesperadas.

–Algo está mal aquí–, dijo Emily, una maestra local. –La gente se está volviendo agresiva, como si algo los atormentara desde adentro.–

Tom se adelantó, había miedo en sus ojos. –He oído que estos susurros son voces del pasado, susurros de secretos enterrados bajo la tierra de nuestro pueblo.–

Las tensiones aumentaron y las disputas se volvieron comunes. La tranquilidad que alguna vez definió a Willowbrook se desvaneció en medio de la confusión y la paranoia.

Un día, mientras el viento rugía con más fuerza que nunca, Sarah corrió hacia la plaza, con sus ojos llenos de terror. –¡Los secretos están saliendo a la luz! ¡Están revelando todo lo que hemos ocultado!–

Las voces ininteligibles del viento comenzaron a tomar forma, formando frases y palabras claras en las mentes de los habitantes. Los secretos, las traiciones y los oscuros actos que habían permanecido ocultos durante años fueron revelados al mundo.

La locura se apoderó del pueblo mientras la gente luchaba por enfrentar la verdad de su pasado. Willowbrook, una vez un lugar idílico, se sumió en el caos.

Los habitantes se reunieron una última vez en la plaza, con rostros desesperados y atormentados.

–Esto es nuestra condena por nuestros pecados–, murmuró Samuel, mirando a su alrededor con ojos vidriosos.

El viento seguía soplando, llevando consigo las voces de los secretos revelados. Los habitantes de Willowbrook se enfrentaron a la cruel realidad de que sus oscuros secretos habían cobrado vida, consumiéndolos desde adentro.

Y así, el viento de los susurros dejó su marca indeleble en el pueblo, convirtiendo su tranquilidad en un recuerdo distante de un tiempo en el que la ignorancia era una bendición.

EL JUEGO DE LAS SOMBRAS

En una noche tormentosa, un grupo de amigos, compuesto por Alex, Maya, Jordan y Lily, decidió desafiar la oscuridad al aventurarse en una antigua casa abandonada. Armados con linternas y una mezcla de emoción y nerviosismo, se adentraron en el lugar donde los ecos del pasado parecían resonar.

La casa estaba envuelta en penumbras y susurros, mientras los amigos exploraban las salas con cautela. Finalmente, llegaron a un salón grande, su linterna creando sombras danzantes en las paredes.

–¡Qué lugar tan perfecto para jugar al juego de sombras!– exclamó Jordan, con una sonrisa traviesa.

–¿En serio? ¿Aquí?– preguntó Maya, mirando a su alrededor con cierta aprehensión.

Lily rió. –Vamos, Maya, es solo un juego divertido. ¿Qué podría salir mal?–

Alex asintió, tratando de mantener el espíritu ligero. –Exacto. Solo necesitamos nuestras linternas y nuestras manos para crear sombras interesantes.–

Los amigos se sentaron en círculo, sus linternas apuntando hacia el centro. Con las manos y las linternas en movimiento, las sombras comenzaron a bailar en las paredes, formando figuras extrañas y caprichosas.

Sin embargo, a medida que continuaban, las sombras comenzaron a cambiar de forma por sí solas. Unas manos sombrías parecían deslizarse a través de la pared, creando siluetas que los amigos no habían creado.

–¿Están viendo esto?– susurró Maya, con voz temblorosa.

–Es solo tu imaginación–, intentó tranquilizarlos Alex, pero su propia voz reflejaba su inquietud.

Las sombras parecían moverse con una vida propia, alejándose de las formas inocentes que habían intentado crear. Se retorcían en formas distorsionadas y amenazantes.

–Creo que deberíamos detener esto–, sugirió Lily, su voz ahora llena de nerviosismo.

Pero antes de que pudieran moverse, las sombras comenzaron a converger en una esquina de la habitación, formando una figura oscura y ominosa que se alzaba en la oscuridad.

–¡No lo hice yo!– exclamó Jordan, retrocediendo.

La figura sombría avanzó hacia ellos, emitiendo un escalofriante susurro ininteligible. Las linternas comenzaron a parpadear y la luz se volvió cada vez más tenue.

–¡Tenemos que salir de aquí!– gritó Alex, pero sus palabras parecían ser absorbidas por la creciente oscuridad.

Los amigos huyeron en pánico, sus linternas apenas iluminando el camino. La casa antigua parecía retorcerse y gemir a su alrededor mientras luchaban por escapar de las sombras que los perseguían.

Finalmente, lograron salir de la casa, jadeantes y aterrados. Detrás de ellos, la figura sombría parecía desvanecerse en la tormenta, pero su presencia dejó una huella imborrable en sus mentes.

A medida que la tormenta se calmaba y la luz del día regresaba, los amigos se miraron entre sí con ojos llenos de asombro y temor.

–Creo que nunca deberíamos haber jugado con las sombras–, murmuró Lily, con su voz cargada de advertencia.

El juego de sombras había tomado un giro oscuro y aterrador, recordándoles que en la oscuridad de la noche y en las profundidades de la imaginación, las sombras podían cobrar vida propia, revelando un lado desconocido y aterrador del mundo que habían creído conocer.

EL ESPECTRO EN EL ESPEJO RETROVISOR

Era una noche lluviosa y oscura cuando Mark conducía solo por una solitaria carretera. Las luces de su automóvil apenas penetraban la densa niebla que envolvía el camino. Sus manos estaban tensas en el volante mientras luchaba por mantener el control en las condiciones difíciles.

De repente, un destello de luz lo cegó y un auto apareció de la nada. Mark intentó frenar y girar el volante, pero era demasiado tarde. El sonido del impacto llenó el aire y su mundo se volvió negro.

Cuando recobró el conocimiento, Mark estaba aturdido y herido en su automóvil destrozado. Miró hacia el espejo retrovisor y lo que vio lo dejó sin aliento: un espectro aterrador con ojos vacíos y una expresión de ira lo miraba desde el asiento trasero.

–No puede ser real–, murmuró Mark para sí mismo, su voz temblorosa.

El espectro en el espejo pareció sonreír de manera siniestra antes de desvanecerse. Mark salió tambaleante del automóvil y se arrastró fuera de la carretera, buscando ayuda.

Horas más tarde, la policía y los paramédicos llegaron a la escena. Mark estaba en estado de shock, incapaz de explicar lo que había visto en el espejo retrovisor. Los oficiales tomaron su declaración y le aseguraron que no había evidencia de ningún espectro.

Cuando finalmente lo dejaron ir, Mark decidió regresar a casa. Cada vez que miraba el espejo retrovisor, sentía un escalofrío en su espalda. Pero no había ningún rastro del espectro.

–Debo estar imaginándolo–, se dijo a sí mismo una y otra vez, intentando tranquilizarse.

Los días pasaron y Mark intentó volver a la normalidad. Sin embargo, cada vez que conducía, tenía la incómoda sensación de que algo lo observaba desde el asiento trasero. Mirara hacia donde mirara, no veía nada fuera de lo común.

Una noche, mientras conducía solo por la misma carretera oscura, Mark vio un destello de luz en su espejo retrovisor. Miró y allí estaba de nuevo, el espectro, mirándolo con ojos fríos y hambrientos.

–No puedes seguir escapando–, susurró el espectro con una voz que parecía arrastrarse por su mente.

Mark aceleró, tratando de huir del espectro que parecía perseguirlo sin importar cuánto intentara escapar. La lluvia caía implacablemente mientras las luces del automóvil iluminaban la carretera desierta.

–¡Detente!– gritó Mark, su voz llena de desesperación.

El espectro solo sonrió y continuó siguiéndolo, su figura retorcida y aterradora en el espejo.

Finalmente, Mark perdió el control del automóvil y se estrelló contra un árbol. A medida que la oscuridad lo envolvía, miró hacia el espejo retrovisor y vio al espectro acercarse lentamente.

–Tu tiempo ha llegado–, susurró el espectro antes de que todo se volviera negro.

La carretera permaneció desierta y en silencio, como si nunca hubiera ocurrido nada. Solo quedaban los restos destrozados del automóvil y un misterio inexplicable. El espectro, finalmente satisfecho, se desvaneció en la noche, dejando atrás un rastro de horror y una pregunta sin respuesta: ¿quién era el espectro y por qué perseguía a Mark sin piedad?

SUSURROS DE ULTRATUMBA

La mansión se alzaba majestuosa en medio del campo, rodeada por árboles centenarios y un aire de misterio. La familia Turner, compuesta por Mark, Emily y su hija pequeña Sophie, se mudó a la mansión en busca de un nuevo comienzo. Sin embargo, pronto descubrieron que no estaban solos.

En su primera noche en la mansión, mientras cenaban en el comedor, Emily frunció el ceño. –¿Escucharon eso?–

Mark levantó la mirada, desconcertado. –¿Qué?–

–Un susurro–, dijo Emily, su voz apenas un susurro.

Sophie, que estaba coloreando en la mesa, miró a su alrededor con ojos grandes. –Yo también escuché algo, mamá.–

Mark se rió suavemente. –Deben ser solo los sonidos normales de una casa antigua. No hay nada de qué preocuparse.–

Pero a medida que pasaban los días, los susurros se hicieron más frecuentes y los movimientos de sombras en las paredes se volvieron más prominentes. Una noche, mientras se preparaban para dormir, Emily vio una sombra en forma de figura deslizarse por el pasillo.

–¡Mark, hay alguien en la casa!– exclamó Emily, agarrando su brazo con fuerza.

Mark se levantó rápidamente y encendió la luz. –No hay nadie aquí, Emily. Debes estar imaginando cosas.–

Pero Emily no estaba convencida. A la mañana siguiente, mientras investigaba sobre la historia de la mansión en la biblioteca local, descubrió que la familia que había vivido allí décadas atrás había desaparecido en circunstancias misteriosas.

Mark se unió a ella en la biblioteca, mirando por encima de su hombro. –¿Qué has encontrado?–

–La familia que vivió aquí antes de nosotros desapareció sin dejar rastro–, dijo Emily, su voz tensa. –Y se rumorea que sucedieron cosas extrañas en esta casa.–

Sophie entró en la habitación, frotándose los ojos. –Mamá, anoche vi una sombra en mi habitación.–

La tensión en la habitación aumentó mientras Mark y Emily intercambiaban miradas preocupadas.

Decidieron investigar más a fondo y, con la ayuda de un parapsicólogo local, descubrieron que los antiguos habitantes de la mansión habían estado involucrados en prácticas ocultas y habían desaparecido misteriosamente después de un ritual que salió mal.

Una noche, mientras estaban juntos en la sala de estar, los susurros y las sombras se intensificaron. Una figura oscura emergió de las sombras, moviéndose hacia ellos.

–¡No deberíamos estar aquí!– gritó Emily, temblando de miedo.

La figura se materializó, revelando el espíritu de uno de los antiguos habitantes. –Nos liberaron de nuestro tormento. Gracias. –

Con el parapsicólogo como mediador, los Turner ayudaron a los espíritus a encontrar la paz resolviendo el misterio de su desaparición. A medida que los espíritus se desvanecían en la oscuridad, los susurros y las sombras comenzaron a desvanecerse también.

–Finalmente podemos estar en paz–, murmuró Mark, abrazando a Emily y Sophie.

A medida que el sol se alzaba sobre la mansión, los Turner sintieron que la casa antigua estaba llena de una nueva serenidad, una que se había ganado tras años de secretos y penurias. Ahora, la mansión se convirtió en un hogar para ellos, lleno de historias del pasado, pero también de un futuro lleno de esperanza.

EL REFLEJO FANTASMAL

En el rincón más apartado de la antigua mansión de su abuela, Amelia descubrió un espejo tallado con intrincados detalles. Sus dorados marcos le daban un aire de misterio y encanto. Cuando la luz de la luna tocaba su superficie, Amelia podía jurar que veía un destello fugaz de movimiento en su reflejo. Sin embargo, eran las sombras oscuras en sus bordes las que realmente la intrigaban.

Una noche, mientras investigaba en el ático los recuerdos de su abuela, Amelia encontró un viejo diario. Sus páginas amarillentas revelaron la historia de una niña llamada Eliza, que había sido amiga de su abuela cuando eran jóvenes. Eliza había desaparecido misteriosamente en la casa a una edad temprana.

Intrigada, Amelia decidió buscar más información sobre Eliza. Buscó archivos, habló con los ancianos del pueblo y finalmente encontró a una anciana que recordaba a Eliza y cómo había desaparecido en la casa.

Decidida a desentrañar el misterio, Amelia regresó al espejo y lo miró fijamente. –Si estás aquí, Eliza, muéstrame lo que sucedió. –

El reflejo en el espejo cambió lentamente. En lugar de su propio reflejo, Amelia vio una habitación antigua con paredes desconchadas y muebles polvorientos. Una niña de vestido blanco, cuya imagen estaba borrosa y casi etérea, se encontraba en el centro.-

-Eliza...– susurró Amelia, asombrada.

La niña en el espejo pareció girar hacia ella, sus ojos oscuros llenos de tristeza. Amelia podía sentir la tristeza y el anhelo que emanaban de su mirada.

–¿Cómo puedo ayudarte, Eliza? ¿Por qué estás atrapada aquí?– preguntó Amelia en voz alta.

La imagen de Eliza pareció intentar comunicarse, pero solo pudo emitir un susurro ininteligible.

Inspirada por la necesidad de liberar a Eliza, Amelia comenzó a investigar más profundamente en la historia de la casa. Descubrió que Eliza había muerto trágicamente en un accidente en la habitación que había visto en el espejo. A medida que desenterraba más detalles, se dio cuenta de que Eliza había quedado atrapada entre el mundo de los vivos y los muertos debido a la injusticia que había sufrido en su corta vida.

Una noche, Amelia se paró frente al espejo y habló en voz alta. –Eliza, sé que estás aquí. Escucha, he descubierto lo que pasó y estoy aquí para ayudarte a encontrar la paz.–

El reflejo de Eliza en el espejo pareció brillar con una luz suave y cálida. Amelia sintió una brisa tenue, como un susurro de agradecimiento, antes de que la imagen de Eliza se desvaneciera lentamente.

La habitación se llenó de silencio, y Amelia supo que Eliza finalmente había encontrado la paz que tanto anhelaba. Con una sensación de satisfacción y resolución, Amelia cerró el diario y sonrió.

El espejo, una vez testigo silencioso de una tragedia olvidada, ahora estaba lleno de historia y redención. Y Amelia, con su determinación y empatía, había restaurado el equilibrio entre los mundos de los vivos y los muertos, trayendo la paz a un espíritu atormentado.

LA CASA DE LAS ALMAS PERDIDAS

La casa abandonada, enclavada en las afueras del pueblo, era conocida por su historia de muerte y tragedia. A pesar de las advertencias y los rumores, un grupo de amigos decidió desafiar el destino y pasar la noche allí. La luna llena brillaba sobre el techo de tejas desgastadas cuando llegaron, armados con linternas y nerviosismo.

Dentro de la casa, el aire estaba cargado de un aura sombría. Las paredes descascaradas y los muebles polvorientos parecían guardar los secretos oscuros de su pasado. El líder del grupo, Alex, encendió una linterna y sonrió a sus amigos.

–¿Listos para una noche de emociones espeluznantes?– exclamó, tratando de ocultar su propia inquietud.

Los amigos asintieron, pero sus miradas revelaban sus temores internos. A medida que avanzaba la noche, los sonidos inquietantes y las sombras en las esquinas jugaban con sus nervios.

–¿Escuchaste eso?– susurró Sarah, su voz temblorosa.

–No te preocupes, probablemente solo sea el viento–, respondió Mike, tratando de mantener una sonrisa valiente.

Pero a medida que la oscuridad profundizaba, los sucesos extraños se multiplicaron. Luces intermitentes, susurros ininteligibles y figuras fugaces en las sombras comenzaron a perseguirlos.

–Esto no parece normal–, murmuró Lily, apretando el brazo de Alex.

De repente, una puerta se cerró de golpe en el piso de arriba. El grupo se reunió, sus linternas temblando en sus manos.

–¿Deberíamos irnos?– preguntó Jenna, con su voz llena de ansiedad.

–No podemos rendirnos tan fácilmente–, insistió Alex, aunque su confianza estaba comenzando a desmoronarse.

Los amigos se aventuraron hacia la planta superior, donde encontraron una habitación en ruinas. Un cartel cubría la pared, que decía: "Nunca perdonaremos".

Una sensación de opresión llenó el aire mientras los amigos intercambiaban miradas preocupadas. Mike se adelantó, tratando de ocultar su miedo. –Es solo una broma pesada. Alguien debe haber colocado esto aquí para asustarnos.–

Pero antes de que pudieran seguir discutiendo, las puertas y las ventanas comenzaron a cerrarse violentamente. El ambiente se volvió helado y las voces distorsionadas llenaron el aire.

–¡Es real! ¡Los fantasmas están aquí!– gritó Sarah, al borde del pánico.

Una figura sombría apareció frente a ellos, ojos llenos de ira y venganza. Era la manifestación de los espíritus atormentados de aquellos que habían muerto en esa casa, decididos a tomar represalias contra aquellos que habían osado invadir su morada.

–Lo siento–, balbuceó Alex, con voz temblorosa. –No sabíamos lo que estábamos haciendo.–

La figura avanzó hacia ellos, emitiendo un escalofriante susurro. Los amigos se abrazaron, paralizados por el terror y la culpabilidad. Pero en ese momento, el amanecer comenzó a iluminar el horizonte, y la figura se desvaneció gradualmente en la penumbra.

Con el primer rayo de sol, la atmósfera opresiva disminuyó. Los amigos salieron de la casa, sus rostros pálidos pero aliviados.

–¿Qué fue eso?– preguntó Mike, lleno de incredulidad.

Lily miró hacia la casa con una expresión pensativa. –Una advertencia de que hay ciertos lugares en los que no deberíamos adentrarnos, incluso si creemos que podemos desafiar el pasado.–

El grupo se alejó de la casa abandonada, llevando consigo el recuerdo de una noche aterradora y la lección de que algunos secretos deben permanecer en el pasado, o de lo contrario, la venganza eterna podría ser su precio.

EL LAMENTO DEL FARO

En una isla remota y desolada, un faro solitario se alzaba como un centinela en la noche. Su luz había guiado a los marineros durante generaciones, pero también ocultaba un oscuro secreto que solo los valientes se atrevían a descubrir. Un grupo de investigadores llegó a la isla, ansiosos por desentrañar los misterios que rodeaban al faro.

Mientras se acercaban, el viento ululaba a su alrededor, llenando el aire de un aura de inquietud. Mark, el líder del grupo, ajustó su abrigo y miró a sus compañeros. –Estamos aquí para encontrar respuestas. Pero recuerden, no tomen nada a la ligera.–

A medida que exploraban el faro, descubrieron registros empolvados y antiguos diarios que revelaban la historia de los guardianes del faro, marineros que habían sacrificado sus vidas para mantener la luz brillando en la oscuridad. Según los relatos, la muerte de estos guardianes siempre había sido misteriosa y siniestra.

Una noche, mientras revisaban documentos en el interior del faro, la luz parpadeó y se extinguió repentinamente. La oscuridad los envolvió, y el corazón de Mark latió acelerado. –¡Esto no puede ser bueno!–

Encendieron linternas y se dirigieron apresuradamente al cuarto de control del faro. Al abrir la puerta, descubrieron que la sala estaba llena de figuras sombrías, transparentes pero claramente visibles. Los marineros fallecidos, con uniformes rasgados y miradas angustiadas, estaban atrapados en una especie de limbo, repitiendo la rutina de encender y apagar la luz del faro una y otra vez.

–¡Dios mío!– exclamó Emma, retrocediendo con horror.

Los investigadores estaban atrapados entre la fascinación y el miedo mientras observaban el ciclo interminable de los espíritus. Uno de los marineros fantasmales se acercó a Mark, su expresión llena de desesperación.

–¿Por qué siguen aquí?– murmuró Sarah.

Mark se acercó con cuidado a uno de los espíritus. –¿Están atrapados aquí por elección o por fuerza?–

El marinero fantasmal pareció intentar hablar, pero su voz se perdió en el viento. Las luces comenzaron a parpadear de nuevo, llenando la sala de una intensa luminosidad antes de sumirse en la oscuridad.

–Creo que están atrapados aquí por el deber que sienten hacia el faro–, dijo Mark, pensativo. –Siguen cuidando de los marineros, incluso en la muerte.–

Los espíritus se retiraron gradualmente, sus figuras desvaneciéndose en la penumbra. El faro recuperó su brillo característico, arrojando una luz tranquila y serena sobre la isla.

A medida que el grupo dejaba el faro, Emma miró hacia atrás. –¿Crees que algún día encuentren la paz?–

Mark asintió, mirando hacia el faro con respeto. –Quizás, cuando encuentren una forma de cumplir su deber descansarán en paz.–

La isla quedó atrás, pero la historia del faro solitario y sus guardianes atormentados se quedó grabada en las mentes de los investigadores. El faro seguía brillando en la oscuridad, iluminando tanto la costa como los recuerdos de los valientes marineros que habían perdido sus vidas, pero cuya luz interior aún perduraba en la eternidad.

LA ÚLTIMA FOTOGRAFÍA

En una soleada tarde de otoño, el fotógrafo Alan paseaba por la calle, atrapado por la curiosidad de una tienda de antigüedades. Entre los objetos desgastados y las reliquias olvidadas, encontró una cámara antigua que emanaba un aura de misterio. Decidió comprarla y llevarla a casa, emocionado por la posibilidad de capturar la historia oculta que yacía detrás de sus lentes.

Después de ajustar la cámara y cargarla con película, Alan decidió tomar una serie de fotos en su estudio. Posó a su modelo y comenzó a disparar, pero a medida que avanzaba, algo extraño comenzó a suceder. En cada fotografía, una figura fantasmal se manifestaba en el fondo, su presencia espectral acompañada por una sensación helada que recorría la espalda de Alan.

A medida que revelaba las imágenes en su cuarto oscuro, Alan vio con horror que el fantasma se volvía cada vez más claro y detallado. Era una figura encapuchada con ojos brillantes, mirándolo directamente a través del tiempo y el espacio. –No puede ser real–, susurró Alan, con voz temblorosa.

Decidido descubrir la verdad detrás de esta misteriosa figura, Alan comenzó a investigar la historia de la cámara y la tienda de antigüedades. Descubrió que la tienda había sido un antiguo estudio de fotografía en la década de 1920 y que un fotógrafo llamado Daniel había trabajado allí. Se rumoreaba que Daniel había tenido un pasado oscuro y había estado involucrado en actividades cuestionables.

Un día, mientras buscaba más información, Alan encontró una vieja fotografía de la tienda en su época de apogeo. En la imagen, reconoció a Daniel parado junto a la misma figura encapuchada que había estado apareciendo en sus fotos. El rostro de la figura parecía igualmente impregnado de misterio y amenaza.

Con la fotografía en la mano, Alan regresó a la tienda de antigüedades, donde se encontró con el propietario, un anciano de aspecto sabio. –Necesito saber quién es la persona que aparece aquí–, dijo Alan, mostrándole la fotografía.

El anciano suspiró, mirando la imagen con tristeza. –Ese es Daniel, el antiguo fotógrafo. Se dice que estuvo involucrado en prácticas oscuras y que su deseo de capturar la esencia de la muerte lo llevó a invocar a un espíritu vengativo. Ese espectro ha estado atormentando a los propietarios de la cámara desde entonces.–

–¿Qué debo hacer?– preguntó Alan, con su voz llena de urgencia.

El anciano le entregó un amuleto y le dijo: –Lleva esto contigo cuando tomes fotos. Puede protegerte de la influencia del espíritu.–

Alan siguió el consejo y tomó más fotos con el amuleto. A medida que revelaba las imágenes, descubrió que el fantasma ya no aparecía en ellas. La presencia espectral había sido disipada.

El fantasma de Daniel, finalmente liberado de su ciclo de venganza, se había desvanecido, permitiendo que Alan pudiera continuar con su pasión por la fotografía sin la amenaza sobrenatural que lo había acosado. En un rincón oscuro de la historia, había encontrado la verdad detrás del rostro en la revelación, y había ayudado a un espíritu atormentado a encontrar su paz.

EL HOTEL ENCANTADO

El elegante Hotel Delphi, con su arquitectura majestuosa y su promesa de lujo, era un refugio codiciado para aquellos que buscaban una escapada tranquila. Un grupo de personas llegó con la esperanza de encontrar descanso y diversión, sin sospechar que las paredes del hotel ocultaban una historia aterradora. Un pasado que, como un eco distante, amenazaba con devolverlos a las sombras del pasado.

–¡Vaya lugar asombroso!– exclamó Patricia, maravillada por el vestíbulo opulento mientras el grupo se registraba.

–Es ciertamente impresionante–, acordó Simón, lleno de entusiasmo.

Durante las primeras noches, las cosas parecían perfectas. Pero pronto, extraños susurros llenaron las habitaciones, sombras se deslizaron por los pasillos y objetos se movieron sin explicación. Pequeños incidentes que se acumulaban y dejaban al grupo desconcertado.

–¿Escucharon eso?– preguntó Mike, su voz tensa mientras los murmullos llenaban la habitación en medio de la noche.

–Son solo sonidos de la antigua arquitectura –, dijo Lidia, tratando de calmar a todos.

Pero cuando las apariciones espectrales comenzaron a hacerse evidentes, las tensiones aumentaron. En una ocasión, Jenna vio a una figura vestida de época en el espejo del baño, pero al girarse, la figura había desaparecido.

–No puedo quedarme aquí más tiempo, dijo Patricia, temblando de miedo.

–Estamos dejando que la paranoia nos afecte–, insistió Simón, aunque su propia voz revelaba su incertidumbre.

En una noche particularmente inquietante, el grupo se reunió en el vestíbulo para discutir su situación. –Esto no puede ser normal–, declaró Mike. –Hay algo siniestro en este lugar.–

El propietario del hotel, un hombre de edad avanzada llamado Sr. Granger, se acercó a ellos con una mirada comprensiva. –Quizás es hora de enfrentar la verdad.–

El Sr. Granger les reveló la oscura historia del hotel: había sido construido sobre un antiguo cementerio, y las almas de los que descansaban allí habían sido perturbadas por la construcción. Desde entonces, el lugar se había convertido en un imán para lo sobrenatural.

–¿Qué podemos hacer?– preguntó Lidia, llena de preocupación.

El Sr. Granger les entregó unos amuletos antiguos. –Estos amuletos pueden ayudar a protegerlos. Pero también deben encontrar una forma de traer paz a las almas inquietas.–

Determinados a enfrentar la amenaza sobrenatural, el grupo se aventuró a las profundidades del cementerio olvidado, donde ofrecieron oraciones y honraron a los difuntos. Mientras lo hacían, las sombras parecían disiparse lentamente.

Cuando regresaron al hotel, las apariciones habían desaparecido. El Sr. Granger les sonrió con aprobación. –Hicieron lo correcto. Traer paz a los que han sido olvidados es un acto noble.–

El grupo dejó el hotel con una sensación de alivio y gratitud. Aunque habían sido acosados por lo sobrenatural, también habían encontrado la manera de restaurar el equilibrio y permitir que las almas descansaran en paz. El Hotel Delphi, una vez teñido de sombras, recuperó su brillo, pero ahora estaba imbuido con una historia de redención y liberación.

ACERCA DEL AUTOR

Carlos Medrano, Licenciado en ciencias de la comunicación, periodista y coordinador de noticieros de televisión en Matamoros, Tamaulipas, México.

Más títulos del autor:
1.- Memorias de un teniente coronel
2.- Leer Un Poco Para NO dormir
3.- Repostería sin harina

Made in the USA
Las Vegas, NV
12 December 2023

82684151R00059